Supplément réalisé avec la collaboration de
Dominique Boutel, Nadia Jarry
et Anne Panzani

ISBN : 2-07-031222-4
© Editions Grasset & Fasquelle -
Editions 24 heures, Lausanne 1983
© Créative Education Mankato MN USA
pour l'édition américaine 1983
© Editions Gallimard 1990, pour la présente édition
Numéro d'édition : 49674
Dépôt légal : septembre 1990
Imprimé en Italie par La Editoriale Libraria

Cendrillon

CHARLES PERRAULT
ILLUSTRÉ PAR
ROBERTO INNOCENTI

GALLIMARD

Il était une fois...

Un gentilhomme épousa une femme en secondes noces. C'était la plus hautaine et la plus fière qu'on eût jamais vue. Elle avait deux filles de son humeur, et qui lui ressemblaient en toutes choses. Le mari avait de son côté une jeune fille, mais d'une douceur et d'une bonté sans exemple : elle tenait cela de sa mère, qui était la meilleure personne du monde.

Les noces ne furent pas plus tôt faites que la belle-mère fit éclater sa mauvaise humeur; elle ne put souffrir les bonnes qualités de cette jeune enfant, qui rendaient ses filles encore plus haïssables. Elle la chargea des plus viles occupations de la maison; c'était elle qui nettoyait la vaisselle et les escaliers, qui frottait la chambre de Madame, et celles de Mesdemoiselles ses filles.

Elle couchait tout au haut de la maison, dans un grenier, sur une méchante paillasse, pendant que ses sœurs étaient dans des chambres parquetées où elles avaient des lits des plus à la mode, et des miroirs où elles se voyaient des pieds jusqu'à la tête; la pauvre fille souffrait tout avec patience, et n'osait s'en plaindre à son père qui l'aurait grondée, parce que sa femme le gouvernait entièrement.

Lorsqu'elle avait fait son ouvrage, elle s'allait mettre au coin de la cheminée, et s'asseoir dans les cendres, ce qui faisait qu'on l'appelait communément dans le logis Cucendron; la cadette, qui n'était pas si malhonnête que son aînée, l'appelait Cendrillon; cependant Cendrillon, avec ses méchants habits, était cent fois plus belle que ses sœurs magnifiquement vêtues.

Il arriva que le fils du roi donna un bal, et qu'il y pria toutes les personnes de qualité : nos deux demoiselles y furent aussi priées, car elles faisaient grande figure dans le pays.

Les voilà bien aises et bien occupées à choisir leurs habits et les coiffures qui leur siéraient le mieux; nouvelle peine pour

Cendrillon, car c'était elle qui repassait le linge de ses sœurs et leurs manchettes. On ne parlait que de la manière dont on s'habillerait.

— Moi, dit l'aînée, je mettrai mon habit de velours rouge et ma garniture d'Angleterre.

— Moi, dit la cadette, je n'aurai que ma jupe ordinaire; mais en récompense je mettrai mon manteau à fleurs d'or, et ma barrière de diamants, qui n'est pas des plus indifférentes.

On envoya quérir la bonne coiffeuse, pour friser les cheveux à deux rangs, et on fit acheter des mouches de la bonne faiseuse. Elles appelèrent Cendrillon pour lui demander son avis, car elle avait bon goût. Cendrillon les conseilla le mieux du monde, et s'offrit même à les coiffer; ce qu'elles voulurent bien.

En les coiffant, elles lui disaient :

— Cendrillon, serais-tu bien aise d'aller au bal?

— Hélas, Mesdemoiselles, vous vous moquez de moi, ce n'est pas là ce qu'il me faut.

— Tu as raison; on rirait bien si on voyait Cucendron aller au bal.

Une autre que Cendrillon les aurait coiffées de travers; mais elle était bonne, et elle les coiffa parfaitement bien. Elles furent près de deux jours sans manger, tant elles étaient transportées de joie. On rompit plus de douze lacets à s'efforcer de leur rendre la taille plus menue, et elles étaient toujours devant leur miroir.

Enfin l'heureux jour arriva; on partit, et Cendrillon les suivit des yeux le plus longtemps qu'elle put; lorsqu'elle ne les vit plus, elle se mit à pleurer.

Sa marraine qui la vit tout en pleurs lui demanda ce qu'elle avait. «Je voudrais bien... je voudrais bien...» Elle pleurait si fort qu'elle ne put achever. Sa marraine, qui était fée, lui dit :

— Tu voudrais bien aller au bal, n'est-ce pas?

— Hélas oui, dit Cendrillon en soupirant.

13

— Eh bien, seras-tu bonne fille? dit sa marraine; je t'y ferai aller.

Elle la mena dans sa chambre, et lui dit :

— Va dans le jardin et apporte-moi une citrouille.

Cendrillon alla aussitôt cueillir la plus belle qu'elle put trouver, et la porta à sa marraine, ne pouvant deviner comment cette citrouille pourrait la faire aller au bal. Sa marraine la creusa et, n'ayant laissé que l'écorce, la frappa de sa baguette, et la citrouille fut aussitôt changée en un beau carrosse tout doré.

Ensuite elle alla regarder dans sa souricière, où elle trouva six souris toutes en vie; elle dit à Cendrillon de lever un peu la trappe de la souricière, et à chaque souris qui sortait, elle donnait un coup de sa baguette, et la souris était aussitôt changée en un beau cheval; ce qui fit un bel attelage, d'un beau gris de souris pommelé.

Comme elle se demandait de quoi elle ferait un cocher :

— Je vais voir, dit Cendrillon, s'il n'y a point quelque rat dans la ratière, nous en ferons un cocher.

— Tu as raison, dit sa marraine, va voir.

Cendrillon lui apporta la ratière, où il y avait trois gros rats. La fée en prit un d'entre les trois, à cause de sa maîtresse barbe, et l'ayant touché, il fut changé en un gros cocher qui avait une des plus belles moustaches qu'on ait jamais vues.

Ensuite elle lui dit :

— Va dans le jardin, tu y trouveras six lézards derrière l'arrosoir, apporte-les-moi.

Elle ne les eut pas plus tôt apportés que la marraine les changea en six laquais, qui montèrent aussitôt derrière le carrosse avec leurs habits chamarrés et s'y tinrent attachés, comme s'ils n'eussent fait autre chose toute leur vie.

La fée dit alors à Cendrillon :

— Eh bien, voilà de quoi aller au bal, n'es-tu pas bien aise?

— Oui, mais est-ce que j'irai comme cela avec mes vilains habits?

Sa marraine ne fit que la toucher avec sa baguette, et en même temps ses habits furent changés en vêtements de drap d'or et d'argent tout chamarrés de pierreries; elle lui donna ensuite une paire de pantoufles de verre, les plus jolies du monde. Quand elle fut ainsi parée, elle monta dans le carrosse; mais sa marraine lui recommanda avant toutes choses de ne pas passer minuit, l'avertissant que si elle demeurait au bal un moment de plus, son carrosse redeviendrait citrouille, ses chevaux souris, ses laquais lézards, et que ses vieux habits reprendraient leur première forme.

Elle promit à sa marraine qu'elle ne manquerait pas de sortir du bal avant minuit. Elle partit ne se sentant pas de joie.

Le fils du roi, averti qu'il venait d'arriver une grande princesse inconnue, courut la recevoir. Il lui donna la main à la descente du carrosse, et la mena dans la salle où était la compagnie. Il se fit alors un grand silence; on cessa de danser et les violons ne jouèrent plus, tant on était attentif à contempler les grandes beautés de cette personne. On n'entendait qu'un bruit confus : «Ah, qu'elle est belle!» Le roi même, tout vieux qu'il était, la regardait sans cesse et disait que depuis longtemps il n'avait vu si belle et si aimable personne.

Toutes les dames étaient attentives à considérer sa coiffure et ses habits, pour en avoir dès le lendemain de semblables, pourvu qu'il se trouvât des étoffes assez belles et des ouvriers assez habiles.

Le fils du roi la mit à la place la plus honorable, et ensuite la prit pour la mener danser : elle dansa avec tant de grâce qu'on l'admira encore davantage. On apporta une fort belle collation, dont le jeune prince ne mangea point tant il était occupé à l'observer. Elle alla s'asseoir auprès de ses sœurs et leur fit mille honnêtetés : elle partagea avec elles les oranges et les citrons que le prince lui avait donnés; ce qui les étonna fort, car elles ne la connaissaient point.

Lorsqu'elles causaient ainsi, Cendrillon entendit sonner onze heures trois quarts : elle fit aussitôt une grande révérence à la compagnie et s'en alla le plus vite qu'elle put.

Dès qu'elle fut arrivée, elle alla trouver sa marraine et, après l'avoir remerciée, lui dit qu'elle souhaiterait bien aller encore le lendemain au bal, parce que le fils du roi l'en avait priée. Comme elle était occupée à raconter à sa marraine tout ce qui s'était passé au bal, les deux sœurs heurtèrent à la porte; Cendrillon leur alla ouvrir.

— Que vous êtes longues à revenir! leur dit-elle en bâillant, en se frottant les yeux, et en s'étendant comme si elle se réveillait justement.

Elle n'avait cependant pas eu envie de dormir depuis qu'elles s'étaient quittées.

— Si tu étais venue au bal, lui dit une de ses sœurs, tu ne t'y serais pas ennuyée : il y est venu la plus belle princesse, la plus belle qu'on puisse jamais voir. Elle nous a fait mille civilités, elle nous a donné des oranges et des citrons.

Cendrillon ne se sentait pas de joie. Elle leur demanda le nom de cette princesse; mais elles lui répondirent qu'on ne la connaissait pas, que le fils du roi en était fort en peine, et qu'il donnerait toutes choses au monde pour savoir qui elle était. Cendrillon sourit et leur dit :

— Elle était donc bien belle? Mon Dieu, que vous êtes heureuses, ne pourrais-je point la voir? Mademoiselle Javotte, prêtez-moi votre habit jaune que vous mettez tous les jours.

— Vraiment? dit Mademoiselle Javotte. Prêter mon habit à un vilain Cucendron comme cela? Il faudrait que je fusse bien folle.

Cendrillon s'attendait bien à ce refus, et elle en fut bien aise, car elle aurait été grandement embarrassée si sa sœur eût bien voulu lui prêter son habit.

Le lendemain les deux sœurs furent au bal, et Cendrillon aussi, mais encore plus parée que la première fois. Le fils du roi fut toujours auprès d'elle et ne cessa de lui conter des douceurs; la jeune demoiselle ne s'ennuyait point, et oublia ce que sa marraine lui avait recommandé: elle croyait qu'il était onze heures quand minuit sonna.

Elle se leva et s'enfuit aussi légèrement qu'aurait fait une biche. Le prince la suivit, mais ne put l'attraper; elle laissa tomber une de ses pantoufles de verre, que le prince ramassa bien soigneusement. Cendrillon arriva chez elle bien essoufflée, sans carrosse, sans laquais, et avec ses méchants habits, rien ne lui étant resté de toute sa magnificence qu'une de ses petites pantoufles, la pareille de celle qu'elle avait laissée tomber. On demanda aux gardes de la porte du palais s'ils n'avaient point vu sortir une princesse; ils dirent qu'ils n'avaient vu sortir qu'une fille fort mal vêtue, et qui avait plus l'air d'une paysanne que d'une demoiselle.

Quand ses deux sœurs revinrent du bal, Cendrillon leur demanda si elles s'étaient encore bien diverties et si la belle dame y était allée. Elles lui dirent que oui, mais

qu'elle s'était enfuie lorsque minuit avait sonné, et si promptement qu'elle avait laissé tomber une de ses pantoufles de verre, la plus jolie du monde; que le fils du roi l'avait ramassée, et qu'il n'avait fait que la regarder pendant tout le reste du bal, et qu'assurément il était fort amoureux de la belle personne à qui appartenait la petite pantoufle.

Elles dirent vrai, car peu de jours après, le fils du roi fit publier à son de trompe qu'il épouserait celle dont le pied serait bien juste à la pantoufle. On commença à l'essayer aux princesses, ensuite aux duchesses et à toute la cour, mais inutilement. On l'apporta chez les deux sœurs, qui firent tout leur possible pour faire entrer leur pied dans la pantoufle mais n'y parvinrent pas.

31

Cendrillon qui les regardait, et qui reconnut sa pantoufle, dit en riant:

— Que je voie si elle ne m'irait pas.

Ses sœurs se mirent à rire et à se moquer d'elle. Le gentilhomme qui faisait l'essai de la pantoufle, ayant regardé attentivement Cendrillon, et la trouvant fort belle, dit que cela était juste, et qu'il avait l'ordre de l'essayer à toutes les filles. Il fit asseoir Cendrillon et, approchant la pantoufle de son petit pied, il vit qu'elle y entrait sans peine et qu'elle y était logée parfaitement. L'étonnement des deux sœurs fut grand, mais plus grand encore quand Cendrillon tira de sa poche l'autre petite pantoufle qu'elle mit à son pied.

Là-dessus arriva la marraine qui, ayant donné un coup de sa baguette sur les habits de Cendrillon, les fit devenir encore plus magnifiques que tous les autres.

Alors ses deux sœurs la reconnurent pour la belle personne qu'elles avaient vue au bal. Elles se jetèrent à ses pieds pour lui demander pardon de tous les mauvais traitements qu'elles lui avaient fait supporter. Cendrillon les releva, et leur dit en les embrassant qu'elle leur pardonnait de bon cœur, et qu'elle les priait de l'aimer bien toujours. On la mena chez le jeune prince, parée comme elle était. Il la trouva encore plus belle que jamais, et peu de jours après l'épousa. Cendrillon, qui était aussi bonne que belle, fit loger ses deux sœurs au palais et les maria le jour même à deux grands seigneurs de la Cour.

FIN

Charles Perrault est né à Paris en 1628
et il est mort en 1703. Il est entré à l'Académie
française en 1671. Il devint célèbre lorsqu'il
publia, pour l'amusement des enfants, un recueil
de contes intitulé *Contes de ma mère l'Oye*.

Roberto Innocenti est né le 16 janvier 1940
dans une petite ville près de Florence. A dix-
huit ans, il part travailler à Rome dans un studio
d'animation. Il n'a jamais étudié le dessin
dans une école, mais son grand talent lui permet
de très vite illustrer des livres et de réaliser
des affiches pour le cinéma et le théâtre.
C'est un illustrateur réputé dans le monde entier
pour ses dons et son sens du détail.
Il a illustré de nombreux ouvrages pour
la jeunesse comme *Pinocchio* de Collodi,
Rose Blanche, dont il a eu l'idée,
et *Christmas Carroll* de Charles Dickens.
Roberto Innocenti offre une interprétation
ironique et raffinée de l'histoire de *Cendrillon*,
qu'il situe dans le Londres bourgeois
de la fin des années vingt, s'amusant à faire
coïncider le conte de fées avec l'Histoire.
Il profite du dépaysement qui en résulte
pour brosser une malicieuse
satire sociale.

Cendrillon
Supplément illustré

Test

Quel héros de conte serais-tu ?
Pour le savoir, choisis pour chaque question
la solution que tu préfères. *(Réponses page 53)*

1 Si tu devais être un héros dans un conte, tu serais :
- ● un prince
- ■ un chevalier
- ▲ un tailleur rusé

2 L'épreuve qu'il te faudrait subir consisterait à :
- ▲ résoudre une énigme
- ● sauver une princesse
- ■ tuer un dragon

3 Tu partirais en emportant :
- ▲ un vieux grimoire plein de formules
- ● un talisman
- ■ ta fidèle épée

4 Pour savoir quel chemin prendre :
- ■ tu avalerais un philtre inconnu
- ● tu ramasserais un cheveu d'or de la princesse
- ▲ tu décrypterais un message gravé sur un rocher

5 Si un énorme rocher barrait ta route :

■ tu entreprendrais son ascension
● tu ferais appel à une fée
▲ tu inventerais une poudre qui le dissout

6 Le nain difforme qui te proposerait ses services :

■ aurait une force étonnante
▲ aurait un esprit diaboliquement rusé
● deviendrait ton compagnon

7 Pour franchir la rivière magique :

▲ tu construirais une embarcation
■ tu emprunterais un pont branlant
● tu t'envolerais sur un cygne blanc

8 La dernière épreuve serait située :

● dans les oubliettes d'un château
▲ au centre d'un labyrinthe
■ en haut d'un piton rocheux

9 Si un monstre à six têtes défendait l'entrée de la caverne :

● tu parviendrais à lui faire boire un philtre
■ tu le frapperais à son point le plus faible
▲ tu le vaincrais, grâce aux jeux de mots

10 Pour te récompenser :

● tu te marierais avec la fille du roi
▲ tu deviendrais un grand magicien
■ tu repartirais pour de nouvelles aventures

Informations

■ Chaussures, pantoufles, godillots ■

C'est grâce à une pantoufle de vair – de
verre selon Perrault – que le prince
retrouve Cendrillon et l'épouse.
(Le vair est le nom ancien
de la fourrure du petit-gris.)

■ Pourquoi porter des chaussures ?

Dans l'Antiquité, la chaussure était
l'attribut des gens riches ou puissants.
A Athènes et à Rome, les esclaves
étaient ceux qui n'avaient pas le droit
de porter de chaussures. L'expression *va-nu-
pieds* signifie : « gueux, vaurien ou misérable ».
Cela montre bien que l'on a longtemps pensé
que celui qui n'avait pas de chaussures ne valait
pas grand-chose. La chaussure ne sert donc pas

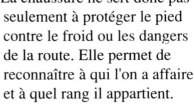

seulement à protéger le pied
contre le froid ou les dangers
de la route. Elle permet de
reconnaître à qui l'on a affaire
et à quel rang il appartient.

■ **Les cordonniers sont-ils vraiment les plus
mal chaussés ?**

Longtemps la chaussure populaire fut en peau
ou en chiffons attachés sur la jambe par
des lacets ; ce n'étaient que des sandales ou
des sabots grossièrement travaillés. Au milieu
du Moyen Age, des artisans ont commencé
à travailler un cuir de chèvre, qui était préparé
dans une ville d'Espagne, Cordoue.
De là vient le nom de *cordonnier*, qui a désigné
par la suite tous ceux qui travaillaient le cuir.
Il finit par remplacer le bois des sabots
et des galoches ; il est adopté par la bourgeoisie
et par le peuple. Mais la chaussure coûte
encore très cher au point qu'elle fait partie
des choses que l'on lègue sur son testament !
Sais-tu qu'à l'origine les valets qui servaient
dans les maisons riches portaient les chaussures
neuves de leur maître afin de les rendre plus
souples et surtout pour les faire car il n'y avait
pas de différence entre le pied droit et le pied
gauche. C'est de là que vient l'expression
valet de pied.

■ Les poulaines

Le Moyen Age voit apparaître une chaussure extraordinaire, la *poulaine*. En cuir, en soie ou en velours, elle avait la particularité d'être très longue. Plus son propriétaire était noble, plus la longueur augmentait, au point que certains seigneurs étaient obligés, pour marcher, d'en relever le bout en l'attachant à une chaînette. Pour sortir, on se chaussait de *patins* de bois ou de métal qui protégeaient la poulaine de la boue ou des saletés de la rue ; cette habitude est restée jusqu'au XVIIIe siècle. Ces poulaines étaient très ornementées, décorées de grelots, de formes, d'éperons. Elles furent ridiculisées par les poètes, condamnées par le clergé, interdites par les rois, mais leur mode dura pourtant quatre siècles.

■ Les talons

La mode vient de Venise, en Italie. Pendant la Renaissance, les Vénitiennes, désireuses de rehausser leur taille, prirent l'habitude de se chausser de souliers à socs qu'on appelait *chopines* ou *pieds-de-vache*. Ils pouvaient atteindre jusqu'à 52 centimètres de hauteur et était si peu pratiques que les dames étaient obligées de sortir appuyées sur deux servantes pour pouvoir marcher. Cette mode, arrivée en France sous Henri IV, a donné naissance au talon. Plus tard, à la cour de Louis XIV, qui était un homme de petite taille, les hommes portaient des chaussures à talons hauts, garnies de rubans rouges.

■ **Il faut parfois souffrir pour être belle**
Le pied chaussé est devenu, dans certaines civilisations, tellement important que la mode est parfois tombée dans l'excès.
Pendant longtemps en Chine, sous les dynasties impériales, la mode des femmes était aux pieds extrêmement petits. Pour que les jeunes filles puissent correspondre aux critères de la beauté, dès l'enfance, on les opérait, en leur enlevant un os du pied, puis on entourait celui-ci de bandelettes pour l'empêcher de grandir ! Elles parvenaient à porter des chaussures incroyablement petites, mais elles avaient également beaucoup de mal à marcher avec leurs pieds déformés !

Jeux

■ Un panaché de contes

Six contes de Charles Perrault
se sont glissés dans ce texte.
Saurais-tu les identifier ?

- Monsieur le marquis de Carabas m'a
chargé de vous donner ces clefs.
Vous pourrez ouvrir tous les
coffres-forts mais il vous est défendu
d'entrer dans le cabinet du bout
de l'appartement.
- Je suis résolu à les perdre demain
dans les bois.
En passant dans le bois avec sa galette et son
petit pot de beurre, elle rencontra deux fées.
La première lui prédit qu'elle se percerait
la main d'un fuseau et qu'elle en mourrait.
La seconde lui dit :
- Je vous donne pour don qu'à chaque parole
que vous direz il vous sortira de la bouche
ou une fleur, ou une pierre précieuse.

Réponses page 54

■ Mots d'époque ■

Certains mots de cette histoire ne te sont peut-
être pas très connus. Essaie de les retrouver et
inscris-les dans la grille. Tu découvriras
alors un personnage devenu familier.

1. Léger repas qui fut servi lors du bal
2. Les occupations de Cendrillon l'étaient
3. Quand elles furent passées, la belle-mère
fit éclater sa mauvaise humeur - **4.** C'est la plus
jeune des sœurs - **5.** Cendrillon paraissait
plus belle lorsqu'elle monta dans le carrosse,
car elle l'était - **6.** Au bal, Cendrillon en fit mille
à ses sœurs - **7.** Les lézards en firent de beaux -
8. Cendrillon y dormait - **9.** Petite rondelle de
velours que les dames se collaient sur le visage.

(Réponses page 54)

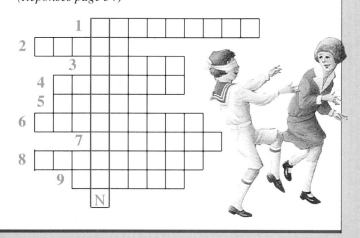

■ Le carrosse de Cendrillon

Veux-tu aider Cendrillon à se rendre au bal
du prince ? Pour cela, il faut lui préparer
son carrosse. Alors, entoure le petit dessin
qui correspond à la réponse que tu as choisie.
Attention : les deux propositions peuvent
être exactes ! Rends-toi ensuite à la page
des solutions pour vérifier si l'attelage
de Cendrillon est au complet.

1. Cendrillon couche :

A. Dans le grenier ✎

B. Sur une paillasse ♠

2. Cendrillon est un nom :

A. Que la cadette lui a donné ✎

B. Qu'elle porte depuis la mort de sa mère ✪

3. La plus méchante des deux sœurs est :

A. L'aînée ♠

B. La plus jeune ♣

4. Lorsque ses sœurs partent au bal :

A. Cendrillon se remet au travail ✪

B. Cendrillon se met à pleurer ✎

5. La fée choisit l'un des trois rats :

A. Car il est bien gras ♣

B. Car il a une belle barbe ♠

6. Lorsque Cendrillon apparaît au bal :

A. Le fils du roi court la recevoir ♠

B. Il se fait un grand silence ✎

7. Pendant la soirée, Cendrillon :

A. Parle longuement avec ses sœurs ★

B. Partage des fruits avec ses sœurs ♥

8. Cendrillon s'enfuit du premier bal :

A. Un quart d'heure avant minuit ♠

B. A minuit pile ✪

9. On devine que le prince est amoureux :

A. Car il regarde la pantoufle toute la soirée ✎

B. Car il quitte le bal ♣

10. Cendrillon se montre très bonne avec ses sœurs :

A. Elle les loge au palais ♠

B. Elle les marie à deux grands seigneurs de la cour ✎

Pour réaliser un bel attelage, il te faut :
Une citrouille, six souris,
un rat, six lézards

(Réponses page 54)

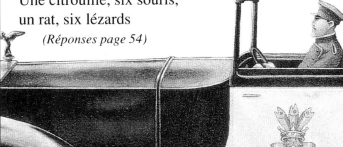

47

■ La famille de la chaussure ■■■■■

Les chaussures ont mille formes auxquelles
correspondent des appellations diverses.

Voici une liste de mots qui désignent tous, sauf
un, des chaussures. Sauras-tu trouver l'intrus ?
(Réponses page 54)

BRODEQUIN, CHAUSSON, SOCQUE,

PANTOUFLE, MULE, GAVROCHE,

BOTTE, BOTTINE, MOCASSIN,

ESCARPIN, SOULIER, SAVATE, SANDALE.

■ A propos de pied ■

Quand on parle de chaussure, on n'est pas loin du pied. De nombreuses expressions comportent le mot *pied*. Sauras-tu relier les expressions à leur signification ?

1. Etre aux  de quelqu'un
2. Prendre quelqu'un à contre
3. Attendre de  ferme
4. Ne pas savoir sur quel  danser
5. Faire le  de grue
6. Se jeter aux  de quelqu'un
7. Faire un  de nez
8. Casser les

A. Se moquer
B. Etre très décidé
C. Implorer
D. Ennuyer
E. Contredire
F. Etre indécis
G. Etre soumis
H. Attendre longtemps

(Réponses page 54)

■ **Conte d'ailleurs** ▬▬▬

Dans quel pays l'illustrateur a-t-il situé l'histoire
de *Cendrillon* ?

Voici trois indices pour t'aider à trouver.
1. C'est un pays d'Europe.
2. C'est une île.
3. Il y a une reine dans ce pays.

Tu as trouvé ! C'est l' ……

Observe l'illustration de la page 29
où l'on voit le prince contempler la chaussure
perdue par Cendrillon.
Tu pourras y découvrir trois détails qui
montrent bien dans quel pays se passe l'histoire.

1er détail : ……………………
2e détail : ……………………
3e détail : ……………………

L'un de ces détails
t'indique aussi la ville dans
laquelle se situe l'histoire.
L'as-tu trouvée ?
(Réponses page 55)

■ Le monument et son pays ▬▬▬

Lorsque l'on veut situer une action dans un pays
particulier, on montre souvent un monument
ou un bâtiment célèbre de ce pays.

Sauras-tu relier chaque monument avec le pays
dans lequel il se trouve ? *(Réponses page 55)*

1. La tour de Pise
2. Le Parthénon
3. La statue de la Liberté
4. La tour Eiffel
5. Le Kremlin
6. La Cité interdite

A. Les Etats-Unis
B. La France
C. La Grèce
D. L'URSS
E. La Chine
F. L'Italie

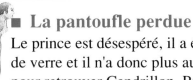

■ La pantoufle perdue

Le prince est désespéré, il a égaré la pantoufle
de verre et il n'a donc plus aucun élément
pour retrouver Cendrillon. Peux-tu l'aider à la
retrouver dans ce labyrinthe ? *(Réponse page 55)*

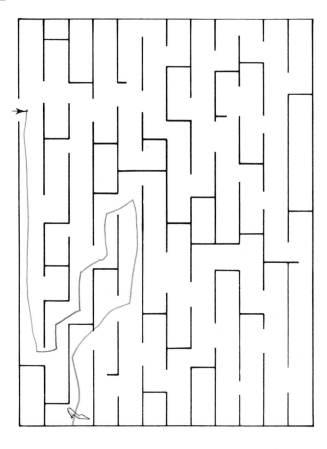

Réponses

pages 38 et 39

Compte les ■, les ● et les ▲ que tu as obtenus.
- Si tu as plus de ■, tu es un héros aventurier.
Rien ne t'effraie : ni les dragons, ni
les sorcières, ni les précipices. Plus l'aventure
est risquée, plus elle te plaît
et tu ne résistes pas à son appel.
- Si tu as plus de ●, tu es un héros sentimental.
C'est ton cœur qui te guide et te permet
de franchir tous les obstacles. Généreux,
fidèle, constant, que les personnages
en détresse se rassurent : tu arrives !
- Si tu as plus de ▲, tu es un héros stratège.
Intrigues, énigmes, devinettes,
tu adores la difficulté qui se
surmonte en réfléchissant.
Ton amour de la déduction
te permet de venir à bout
des obstacles, et l'échiquier
du monde
est ton champ
de bataille.

Réponses

page 44

Un panaché de contes : *Le Chat botté - Barbe-bleue - Le Petit Poucet - Le Petit Chaperon rouge - La Belle au bois dormant - Les Fées.*

page 45

Mots d'époque : **1.** *Collation -* **2.** *Viles -* **3.** *Noces -* **4.** *Cadette -* **5.** *Parée -* **6.** *Civilités -* **7.** *Laquais -* **8.** *Paillasse -* **9.** *Mouche.*

pages 46 et 47

Le carrosse de Cendrillon : *Fais les comptes !*
1 ♦ = une souris - 1 ♠ = un lézard -
1 ♥ = un rat - 1 ★ = une citrouille.
Regarde la liste page 47 et vérifie
si tu as le compte exact.

Si tu as entouré des ♣ ou des ♦, tu as fait
des erreurs. Voici les solutions :
1. A et B - *2. A -* *3. A -* *4. B -* *5. B -*
6. A et B - *7. A et B -* *8. A -* *9. A -*
10. A et B.

page 48

La famille de la chaussure : *l'intrus est*
GAVROCHE.

page 49

A propos de pied : *1. G -* *2. E -*
3. B - *4. F -* *5. H -* *6. C -*
7. A - *8. D.*

page 50

Conte d'ailleurs : c'est l'Angleterre.
1er détail : le garde anglais au bonnet poilu -
2e détail : la voiture a un volant à droite -
3e détail : Big Ben, la grande horloge de
Londres. La ville est donc Londres, la capitale
de l'Angleterre.

page 51

Le monument et son pays : 1. F - 2. C - 3. A -
4. B - 5. D - 6. E.

page 52

La pantoufle perdue :

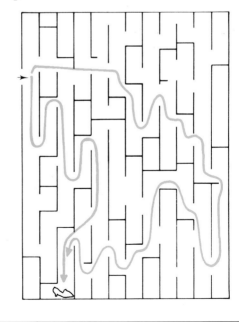

collection folio cadet